ガリシア 心の歌

ラモーン・カバニージャスを歌う
Cantata a Ramón Cabanillas

浅香武和 編訳
Takekazu Asaka

論創社

【ガリシア州の位置】

カンバードス Cambados（カバニージャスの故郷）

Limiar

Asaka, a forza que vén de moi lonxe

Takekazu Asaka, profesor de Filoloxía Románica da Universidade Tsudajuku de Toquio, coñeceu a existencia da lingua galega a finais da década de 1970 cando en Madrid cursaba o doutoramento. Con motivo do XIX Congreso Internacional de Lingüística e Filoloxía Románicas que se celebrou na Universidade de Santiago de Compostela, en setembro de 1989 veu por primeira vez a Galicia; e nunha excursión polas Rías Baixas na semana dese Congreso pasou por Cambados e puido apreciar a beleza da paisaxe do mar da Arousa desde a ribeira do Salnés.

O ano seguinte volveu a Compostela como alumno dos Cursos de lingua e cultura galegas para estranxeiros; e no seminario de Literatura Galega, que no Curso Superior de Filoloxía impartía Xesús Alonso Montero, por primeira vez oíu falar da figura de Ramón Cabanillas, o que o levou a mercar a *Antoloxía Poética* do escritor cambadés que Marino Dónega fixera para a editorial Galaxia. Así comezou a mergullarse na obra do que fora símbolo do agrarismo e das Irmandades da Fala, que no "inverno" franquista mantivo o compromiso co idioma propio de Galicia e que na década de 1950 se embarcou na resistencia cultural do galeguismo simbolizado por Galaxia. Días despois, nese mesmo Curso, Asaka puido coñecer aspectos da fala viva de Fefiñáns e da cultura e da terminoloxía mariñeira cambadesa nunha das sesións do seminario que impartín sobre o galego estándar e as variedades orais.

O descubrimento da figura de Cabanillas fixo que este profesor xaponés acudise á terra natal do poeta para coñecer a súa paisaxe vital: os monumentos, as rúas, as prazas e a beiramar de Fefiñáns, Cambados e San Tomé, as tres viliñas que conforman o actual Cambados e que aboian en tantos versos de Cabanillas; e asemade Asaka foi descubrindo o "arrós á mariñeira" e outros pratos da gastronomía cambadesa en restaurantes familiares, coma o de María José, Ribadomar, en Fefiñáns, ou O Tropesón, no esteiro do Umia. Desde aquela case sempre visita Galicia a finais de xullo e comezos de agosto, e na estancia en terras galegas non deixa de peregrinar á ribeira da Arousa, sobre todo a Cambados nos días da festa do viño Albariño, e tamén á terra da Fonsagrada, na alta montaña luguesa.

Asaka preséntase na súa tarxeta de visita como "embaixador da lingua galega no Xapón", cargo que ten ben merecido este profesor e investigador do noso idioma e da nosa literatura, que cando está en Galicia exerce como auténtico brigadista na defensa da nosa lingua propia, o que o leva a usar sempre con naturalidade o galego en calquera situación e a reclamar que nun restaurante lle dean a carta en galego ou que lle falen neste idioma, o que ten descolocado xente con prexuízos sobre a utilidade da lingua galega que ve con estrañeza (e posiblemente cun aquel de admiración) como un xaponés lle fala galego de xeito normal, aínda que cun sotaque moi particular.

En 1993 editou unha *gramática do galego moderno* para xaponeses, seguida dunha *guía de conversación e dun vocabulario básico trilingüe* (galego-castelán-xaponés), que no seu día tiven a honra de prologar. Anos despois centrouse de xeito especial no estudo da situación da lingua galega en Galicia e nas comarcas estremeiras de Asturias e de Castela e León, á vez que facía versións en xaponés de poemas de diversos escritores, particularmente de Rosalía de Castro, da que publicou no 2009 unha edición bilingüe xaponés-galego dos *Cantares gallegos,* a obra fundacional da moderna literatura galega.

En abril dese mesmo ano, cando en Galicia (e particularmente en Cambados) se honraba a figura de Ramón Cabanillas no 50 aniversario do seu falecemento, Asaka festexou a cultura galega cun acto en Musa de Kawasaki, cerca de Toquio. Impartiu unha conferencia sobre o Rexurdimento galego e o papel de Rosalía de Castro, mentres que a pianista Rika Nishikawa e a soprano Miho Haga interpretaron, entre outros, poemas de Rosalía e o "Camiño longo" de Cabanillas que musicara Antón García Abril; ademais, Asaka disertou sobre os viños galegos, entre eles, o albariño, o rei dos viños brancos que ten no bardo cambadés e en Álvaro Cunqueiro algúns dos seus cantores.

No 2011 publicou, integramente en xaponés, unha *guía de Galicia* e da súa situación sociocultural en 50 apartados, á vez que agasallou os amantes do "Poeta da raza" co libro *Canta a Ramón Cabanillas. A ti, meu Cambados,* que se abre cun estudo en xaponés da obra e da vida do poeta e dramaturgo nado en Fefiñáns, seguido dunha escolma de dezasete textos de diferentes poemarios de Cabanillas, primeiro en xaponés e logo na versión galega orixinal. Na nova edición desta obra, Asaka amplía aspectos da vida e da obra do cambadés, inclúe un novo texto ("O cruceiro do monte") e presenta como gran novidade un CD con oito poemas dos antologados no libro: "Camiño longo", "Foliada", "Chove", "O Rei tiña unha filla", "Tódol-os días", "Meus irmáns, "O cantar do que se alexa" e "Aureana do Sil".

Son textos vencellados á música culta, mercé a compositores como Antón García Abril, Xavier Monsalvatge, Manuel Blancafort, Jesús Guridi ou Ataúlfo Argenta, que puidemos escoitar en Cambados no inesquecible Ano Cabanillas 2009 a finais de xullo do 2009 cando se presentou no xardín do Pazo Torrado a excelente crónica de Luís Rei sobre os desterros e as saudades do autor de *Vento mareiro* e, sobre todo, escoitámolos no Auditorio da Xuventude en setembro dese ano no concerto "Da palabra á melodía", con cancións sobre textos de Cabanillas, concerto que dirixiu o profesor e musicólogo Luís Costa.

Os poemas do libro de Asaka interprétanos as xa citadas Rika Nishikawa e Miho Haga, graduadas na Universidade de Arte e Música de Toquio, as mesmas artistas que cantaron Rosalía no CD que acompaña a versión xaponesa de *Cantares gallegos*. Rika Nishikawa estudou no Departamento de Piano de Conservatorio de Toquio, cursou o Doutoramento no Real Conservatorio Superior de Música de Madrid e participou nas xornadas de "Música en Compostela", onde coñeceu a Antón García Abril, que musicara textos da cantora do Sar e de Cabanillas. A soprano Miho Haga graduouse no Departamento de Música Vocal do Conservatorio de Toquio e estudou ópera no Conservatorio de Música de Milán.

Para min é unha inmensa satisfacción observar que Takekazu Asaka segue a exercer como pleno embaixador da lingua e da literatura galega no Xapón e que se acabou convertendo nun dos principais representantes dunha forza que vén de lonxe -no seu caso de moi lonxe-, dunha forza que traballa arreo a prol da cultura de Galicia e da súa lingua propia en países moi diversos, algúns a miles de quilómetros ou de millas.

Como galego (e como cambadés) quero darlle os meus sinceros parabéns a Asaka por esta nova obra sobre Cabanillas, o "poeta arelado" polo galeguismo (e polo nacionalismo), persoa moi humilde que entregou o mellor da súa vida á dignificación e á construción da Patria da Lingua que una a todos os galegos e galegas, de nación e tamén de corazón, como é o caso do amigo Take.

Fefiñáns-Cambados, 27 maio do 2013

Francisco Fernández Rei
Catedrático da Universidade de Santiago de Compostela
Real Academia Galega

巻頭言

浅香氏、彼方からの力作

　現在、東京の津田塾大学のロマンス語学の教員である浅香武和氏がガリシア語の存在を知ったのは、マドリードに留学されていた1970年代終わりのことでした。その後、1989年9月サンティアゴ・デ・コンポステーラ大学で第19回国際ロマンス語学文献学会議が開催されたのを機に、浅香氏は初めてガリシアの地に足を踏み入れ、リアス・バイシャスへの小旅行を楽しまれました。それはカンバードスを経て、サルネース沿岸からアロウサ湾の美しい景色を堪能する旅となりました。

　翌年、サンティアゴ・デ・コンポステーラ大学ガリシア言語文化コースに外国人の一学生として再訪し、シェスス・アロンソ・モンテーロ教授のガリシア文学セミナーで初めてラモーン・カバニージャスの人物像に触れ、ガラクシャ出版から刊行されたマリノ・ドーネガ解説によるカバニージャス著『詩のアンソロジー』を買い求めました。ガラクシャ出版は、1950年代"冬のフランコ時代"と呼ばれる時期に、ガリシア主義を文化的にアピールするために文学を通じてマニフェストを掲げ、農業解放運動とことばの友好協会からシンボライズされたカバニージャスの作品を出版していました。その後、浅香氏はガリシア語講座に出席し、標準ガリシア語と口語の多様性についてのセミナーのセッションでカンバードスのフェフィニャーン町の話し言葉の特徴、村の文化、さらには漁師のことばを学びます。

この日本人教授は、カバニージャスの人物像を探すためにカンバードスをしばしば訪ね、かつて詩人も見たであろう故郷の風景に寄り添い、街並、小路や広場、フェフィニャーン、カンバードス、サン・トメーの海岸まで足をのばします。それらは現在のカンバードスを構成する三つの町であり、そのすべてが詩歌そのものであったからです。さらに、フェフィニャーン町の家族的なレストラン「マリア・ホセ」や「リバドマール」でカンバードス地方の独特な料理"漁師風ご飯"、またウミヤ河口の「オ・トロペソン」でも地方料理を満喫するなど、その時以来、7月末と8月初旬には必ずガリシアを訪れるようになりました。ガリシアの地にしばらく留まりながらアロウサ沿岸を巡り、とりわけ8月第1週のアルバリーニョワイン祭りの日々にはカンバードスへ、そしてルーゴ県の山岳地帯フオンサグラーダまで足を運んでいます。

　浅香氏は数年前から自身の名刺に"日本におけるガリシア語大使"という肩書を記し、教授は研究者として我々のことばと文学に相応しい仕事を遂行しています。ガリシアにいるときには我々固有の言語を擁護する典型的な人物であり、ごく自然にいかなる場所でもガリシア語を使用しています。たとえば、あるレストランではガリシア語のメニューを出すように、さらにガリシア語で応対するようにと訴え、ガリシア語の使用に偏見をもつガリシアの人々に独立させた意識を与えています。そして、私個人としても驚きでありますが、ごく普通にガリシア語を話す日本人として奇異に、おそらく驚嘆もってみられています。

　1993年『現代ガリシア語文法』、続いて『ガリシア語会話練

習帳』、『ガリシア語基本語彙集（ガリシア語-日本語-カスティーリャ語）』を日本人向けに著し、その語彙集に私がプロローグを記せたことを誇りに思います。その後、浅香氏はガリシアにおけるガリシア語の状況やガリシアに隣接するアストゥリアス、カスティーリャ、レオン地域のガリシア語について究めていきました。同時に、ガリシアの詩人の作品の翻訳を推し進め、近代ガリシア文学の嚆矢となるロサリーア・デ・カストロ『ガリシアのうた』の邦訳を2009年に発行するに至りました。

　2009年春、ラモーン・カバニージャス没後50周忌にあたり、詩人ラモーン・カバニージャスを顕彰する催しがカンバードスで開かれました。一方、浅香氏はミューザ川崎において「ガリシアのうたの会」を開き、そこでガリシアの文芸復興とロサリーアの役割に関する講演を行いました。そのなかで、カンバードスの詩人やアルバロ・クンケイロなどの作家たちにも愛された白ワインの王様と称されるアルバリーニョにもついても触れています。また、ピアニスト西川理香氏とソプラノ芳賀美穂氏により、ロサリーアの詩およびアントン・ガルシア・アブリル作曲でカバニージャスの「ながい道」が日本で初めて演奏されました。

　2011年、ガリシアのガイドブックもしくは社会文化のガイドブックともいえる『スペインのガリシアを知るための50章』を上梓されました。また、カバニージャスを愛する浅香氏は『カバニージャスを歌う　あなたに私のカンバードスを』の冊子を私どもにプレゼントしてくださいました。それはカバニージャスの作品から選んだ17の詩にガリシア語と日本語の対訳を付け、詩人の生涯と作品を記したアンソロジーを日本語で初め

て著したものでした。このたびの新版において、浅香氏は詩人の生涯と作品についてさらに詳細に記し、あらたに「山の十字架」を加え、8曲をCDに収めて発表されました。すなわち、「ながい道」「フォリアーダ」「雨降り」「王様には娘が一人いた」「いつの日も」「我が兄弟たち」「遠く離れての詩」「シール河の砂金採りの娘」の詩は、音楽と結び付き素晴らしい作品として完成しました。それらはアントン・ガルシア・アブリル、シャビエ・モンサルバッチャ、マヌエル・ブランカフォルト、ヘスス・グリディ、アタウールフォ・アルヘンタの作曲によるもので、カンバードス市のいたるところでまもなく聴かれるでしょう。

先に述べましたカバニージャス年の催しものとして、とくに2009年7月末にパソ・トラーデ邸宅の中庭で行われたカバニージャスの伝記を書きあげたルイス・レイによる「『海からの風』の作者について故郷を離れた郷愁」の講演、さらに同年9月カンバードス青年公会堂における音楽学者ルイス・コスタによるカバニージャスの作品と歌「ことばからメロディー」のコンサートは、2009年のカバニージャス年で忘れることのできないものです。

浅香氏の書籍に掲載された18の詩のうち8つの詩は、先に申し上げましたお二人の音楽家、西川理香氏と芳賀美穂氏によって歌いあげられております。お二人は東京芸術大学を卒業後、西川氏はマドリード王立音楽院でピアノ演奏の研鑽を積まれ、ガリシアでは「コンポステーラ音楽講習会」に参加され、ロサリーアやカバニージャスの詩を作曲したガルシア・アブリル氏と知り合い、芳賀氏はミラノ音楽院で声楽の研鑽に励まれてい

ます。ちなみに、お二人の音楽家はすでにロサリーア・デ・カストロ『ガリシアのうた』の日本語訳に添付されたCDにも携わっておられます。

　私は、浅香武和氏が日本におけるガリシア語ガリシア文学の親善大使として、ガリシアの存在と私たちの文化を尽きることなく紹介してくださっていることにこの上ない喜びを覚えます。何千キロも離れた異国の地で、その国の固有の言語でガリシアの文化のために弛まぬ努力を続けておられます。遥か彼方で生まれた労作は、世界を代表する作品のひとつになりました。

　すべてのガリシア民族の心を結びつけ、祖国のことばを崇めかつ創り上げたカバニージャス同様に、ガリシア主義（ガリシアナショナリズム）の**憧憬の詩人**カバニージャスについて新版を著わされた浅香氏、アミーゴ・タケにガリシア人そしてカンバードス人として心からお祝い申し上げたいと思います。

　　　　　フェフィニャーン・カンバードス, 2013年5月27日

　　　　　フランシスコ・フェルナンデス・レイ

　　　　　サンティアゴ・デ・コンポステーラ大学教授
　　　　　　　　　　　ガリシア翰林院

A Táboa　目次

Limiar　Asaka, a forza que vén de moi lonxe
　　　Francisco Fernández Rei·····················3
巻頭言　浅香氏、彼方からの力作
　　　フランシスコ・フェルナンデス・レイ ·············8

第一章　ラモーン・カバニージャスの生涯と作品·········15
　1　生い立ち　16
　2　キューバに移民　21
　3　ガリシアに戻る　24
　4　レアル・アカデミア・ガレーガの正会員となる　26
　5　晩年の詩作、そして終焉　29
　6　ガリシア語というもの　37
　7　カバニージャスの詩のスタイル　40
　8　ガリシアの宝　43
　9　作品一覧　46
　参考書目　47

第二章　詞華集　ガリシア語―日本語訳·············49
　1　O cantar do que se alexa [Ceíño da miña aldea]
　　　遠く離れての詩［わが村の空よ］　50
　2　Camiño longo　ながい道　52
　　【コラム1】ハリエニシダ　55
　3　Chove ...　雨降り…　56
　　【コラム2】屋根瓦　59
　4　Tódol-os días　いつの日も　60
　5　Meus irmáns　我が兄弟たち　62
　　【コラム3】ガリシアの松林　65

13

6　O Rei tiña unha filla　王様には娘が一人いた　66
　【コラム4】ガリシアの紋章　67
7　Aureana do Sil　シール河の砂金採りの娘　68
　【コラム5】シール河　71
8　Foliada　フォリアーダ　72
9　Da miña zanfona　我が手風琴から　76
　【コラム6】手風琴　79
10　Silenzo 静粛　80
　【コラム7】サモス修道院　83
11　Pombas feridas　傷ついた鳩　84
12　Cantigas　カンティーガス（古謡）　86
　【コラム8】水車小屋　89
13　Alma viaxeira　旅する心　90
　【コラム9】亜麻とモクセイソウ　95
14　Cruceiro do monte　山の十字架（クルセイロ）　96
　【コラム10】石の十字架　97
15　Camiño da ermida　隠修堂への道　98
　【コラム11】パストーラ隠修堂　99
16　A capilla　礼拝堂　100
　【コラム12】メルセー礼拝堂　101
17　Corazón-Volvoreta　蝶の心　102
18　Bágoas de nai (Balada)　母の涙（バラード）　104

A Coda　おわりに　107

第一章

ラモーン・カバニージャスの生涯と作品

1 生い立ち

　ラモーン・カバニージャス・エンリーケス（Ramón Cabanillas Enríquez）は、1876年6月3日スペイン・ガリシア地方ポンテベドラ県のアロウサ湾に面したカンバードス市フェフィニャーンス町（Cambados, Fefiñáns）で生まれました。母のホアキーナ・エンリーケス・ガルシーア（Joaquina Enríquez García）はカンバードス市ビラリーニョ村出身で、名家フラガ宅の家政婦として働き、その働きぶりに女主も彼女に篤い信頼を置いていました。父親のホセ・カバニージャス（José Cabanillas）はポンテベドラ県サンシェンショ市の出身で、当時、弁護士事務所を開いていたフラガ氏宅の書生であったことから、二人はフラガ家で知り合い、恋仲となりラモーンを授かりました。ホセ38歳、ホアキーナ44歳のことでした。ホアキーナは未婚の母となり、カンバードスの町で家政婦をしながら女手一つでラモーンを育てます。フラガ家から独立して、地方の政治家の秘書や公証人、さ

らには県の職員を勤めていた役職の性質上、ホセは正式に結婚していないホアキーナとの子供であるラモーンを世間体で認知することがなかなかできなかったようです。ラモーンが小学校に入学する頃に、ようやく実子として認めます。幸いなことにラモーンにとって異母兄弟となる弟や妹との関係は、とてもうまくいっていたようです。ラモーンは10歳頃の思い出を、『故郷を離れて』に収められている「少年の愛情」と題する詩に書き綴っています。

　母はとりたてて敬虔なカトリック信者というわけではありませんでしたが、ラモーンはカンバードスの旧フランシスコ会修道院付属小学校に入学し、地方の郷士の子弟だけでなく、農民や漁師の子たちとともに学校生活を送りながら**ことば**を覚えていきました。幼少期の愛情を『故郷を離れて』の初版で「子供の愛」と題し、「ぼくの愛は消えた、それは10歳のときであった、愛の中には傷みも悲しみもなかった、ぼくには希望がある」と詠っています。ラモーンは勉学の面では修道院長とラテン語の学習に意欲を燃やし、機知に富んで誰とでも遊ぶ少年であったようです。『海からの風』に収められている「土曜日の学校」と題する詩のなかで、その頃の仲間たちを「毛むくじゃら」と渾名をつけて記しています。

　　死んだ町、死んだ町、
　　私が育った
　　村、漁村！　過去を包み込む
　　魔法のようだ！

少年のころ、
砂浜の岩の上でとび跳ねたり、
塀をよじ登ったり、
アラメダ公園で遊んでいた…

午後が過ぎゆくと
学校は、太陽の黄色い光で
黄金に輝いていた。

　ラモーンはラテン語に秀でていたことと、それほど裕福な家庭の子供でなかったことから神学校に進みました。1889年から1893年までの4年間、13才から17才までサンティアゴ・デ・コンポステーラのサン・マルティーニョ・ピナリオ修道院神学校に入り聖職を目指しましたが、終了せずに生地に戻ります。在学中のラテン語、ギリシャ語、歴史学、修辞学、会計学などの成績はとても優秀でした。とくに会計学を修めたことは、後にキューバに移民したときに役に立つこととなります。また、初めて詩を書いたのも、神学校時代のことでした。しかし、発表には至りませんでした。

　当時は、ガリシアの文芸復興期の真っただ中で、三大明星と称されるロサリーア・デ・カストロ（Rosalía de Castro, 1837-1885）、クーロス・エンリーケス（1851-1908）、エドゥアルド・ポンダル（1835-1917）が活躍していました。ロサリーアは、ガリシア語の抒情詩が栄えた中世以後の沈黙の時代を経て、近世になりガリシア語を文芸のことばまでに復活させた文芸復興の立役者であり、すでにガリシア語による詩を発表していまし

た。彼女は1885年に亡くなりますが、ロサリーアに墓参したいと切に願うガリシアの人々のために、1891年5月15日パドロンの墓地からサンティアゴのサン・ドミンゴス・デ・ボナバル教会内にある「秀抜したガリシア人の霊廟」にロサリーアの遺骸は移送されました。このときカバニージャスは神学校生であった関係で、この移送に立ち会うことになります。それは彼に強烈な印象を残し、彼の将来に多大な影響を与えました。

　1893年、ラモーンは文芸復興期の作品を知ることでガリシア文化を意識的に考えるようになり、何かに突き動かされるように神学校を離れます。カンバードスに戻った彼は、知人を通じて市役所に職を得ました。彼は会計係の職がとても気に入り、公務員として実直に働き、多くの友達と毎晩飲み語りあう日々を送ります。そして、アルフレッド・ブラーニャス（Alfredo Brañas, 1859-1900）の「ガリシア地域主義」に傾倒し、ロサリーア・デ・カストロの詩に心酔していきました。こうして、市役所に勤めていた17歳から30歳頃に、ラモーンはゲーテ、シラー、ハイネ、バイロン、ボードレールなど、ヨーロッパの詩人や作家の作品を読みふけりながら、ガリシア語を擁護するようになりました。そして、初期ルネサンス型の詩作を超越した抒情詩の作風を練り上げつつ、さらに進歩的な考えを構想していきました。

　1899年23歳のときに、彼は近所に住むアルバレス・ビダルの娘エウドシア・アルバレス（Eudosia Alvarez）と結婚しました。ビダルはレアル通りで旅館と雑貨屋を経営していました。ラモーンが勤める市役所とビダルの店は比較的近くにあったため、お互いによく知った仲でもありました。結婚するとすぐに

男の子が生まれ、その後7人の子供に恵まれます。

エウドシア・アルバレス

　公務員として安泰した生活を送り、会計係の職が気に入っていたにもかかわらず、1905年に市役所の職を辞し、より自由な考えを打ち出すためにカンバードスの地方紙『エル・ウミア』 *El Umia*（1905-1907）、さらには『エル・コメータ』 *El Cometa* （1910）を自ら創刊し、編集長となりました。ガリシア地域主義に傾倒していった彼は、さらに第二共和制をめざすために共和党員との交流をもち、自らも共和党員となり、社会批評の記事を一般向けにスペイン語で書くようになります。このとき、最初のガリシア語の詩「わが子のなかに死んでしまう」（原題は息子の名前をとり「ショキン」）を *El Umia* 紙に掲載しましたが、とくに反響もなく、新聞の売り上げも伸びず廃刊においこまれていきました。それにより、当然のことながら生活は困窮の様を呈していきます。妻の実家は裕福な家庭でしたが、彼はそれに頼らず、自身で新たな生活の道を探し求めてキューバへ移民することに意を固めます。

2　キューバに移民

　19世紀末に移民法が緩和されると、ガリシアの多くの農民が中南米に移住し、1900年頃にはアルゼンチン、ブラジル、ウルグアイ、ベネズエラ、キューバそしてメキシコへと移民するガリシアの人々の数は23万人にも達しました。1910年9月12日、34歳でカバニージャスは家族を残し、ガリシアのビーゴの港からキューバに渡ります。その頃、彼は7人の子宝に恵まれ大家族となっていました。彼がひとりで移住したのは、家族を養うため、そして1898年に勃発した米西戦争への徴兵を避けるための決断でした。1902年に共和国として独立したキューバは、新たな共和政新国家樹立で経済的に豊かな時代でした。一ヶ月ほどのハバナ滞在中、カバニージャスはガリシアのフェロール出身で『ディアリオ・エスパニョール新聞』の編集長アデラルド・ノボと知り合い、その後サグア・ラ・グランデに移り住みます。そして、幸いにもバスク人経営の金物および陶磁器輸入商社で、会計係兼販売責任者として働きました。1911年末には「アグアス・アマロ社」のアルグェジェス支店に転職し、支店長として半年ほど勤めますが、ガリシアへの望郷の念は断ちがたく一時帰国することになります。この頃、故郷に思いを寄せながらガリシア語で書いた「遠くで」、「アルメンテイラの小鳥」などを、新たに発行された雑誌『Suevia スエビア』に投稿していました。

　1912年9月、一時帰国したラモーンを待ち受けていたのは、最愛の母の死でした。このとき、カバニージャスはロサリーア・デ・カストロの詩により慰められたと語っています。そのロサリーアと母をだぶらせて二人の母を詠んだ詩が、『威圧さ

れた故郷から』に「ロサリーア・デ・カストロへ」と題して収められています。

　　二人の母は僕に口づけしてくれ、子守唄を歌ってくれた。
　　一人は、子供の時、まるで鳩のように
　　優しく、僕を抱いてくれた、
　　彼女はつつましくひかえめだった

　　私は苦衷のなかに沈んでしまった
　　母を失った時の叫びは死を招いた、
　　あなたの本を読むと、慰められる！
　　あなた、あなたと一緒だと母が戻ってきました！

　母の死の二ヶ月後、再びキューバに赴き、今度はハバナ市内の小麦製粉会社で会計係として働きながら、落成したばかりの国立劇場で支配人を務めました。国立劇場に勤めたのは、ガリシア人会からの推挙によるものであったようです。こうして、彼はハバナから稼いだお金を1915年まで仕送り続けました。また、その滞在中、ガリシアから移民していた実業家、知識人たちとカフェ・プエルタ・デル・ソルでテルトゥリア（文学談義など）を開いていました。その頃の様子を、故郷カンバードスにいる友人サンチェス・ペーニャへ頻繁に手紙で知らせています。それらの書簡には、20歳代前半カンバードスで夜遊びをした思い出のこと、ハバナでの仕事に満足していること、ガリシア人会のこと、国立劇場ができたこと、温泉地にでかけたことなどが記され、現在フェルミン・ペンソール図書館とレア

ル・アカデミア・ガレーガ（ガリシア翰林院）に保管されています。（※レアル・アカデミア・ガレーガについては4を参照）

　移民生活を送る何年かで、とくに親しくなった同胞の農業改革運動の指導者バシリオ・アルバレス（Basilio Alvarez, 1877-1943）やショセ・フォンテンラ・レアル（Xosé Fontenla Leal, 1865-1919）から多くの刺激を受けます。なかでも、カバニージャスがガリシア語による詩作を本格的に始めるきっかけとなったのは、フォンテンラの影響によるものと言われています。ガリシア語にモリーニャ（morriña）という郷愁の念を抱くことばがあります。カバニージャスがこのモリーニャということばに啓発され、詩作を始めたかのようでした。ハバナで発行された雑誌 *Suevia* にガリシア語で作品を発表するようになり、ハバナ在中にガリシア語による最初の詩集『故郷を離れて・副題ガリシアの風景』（*No desterro*, 1913）、そして帰国する直前に『海からの風』（*Vento mareiro*, 1915）を出版しました。この2冊はそれまで生きてきたカバニージャスの心の内面を、キューバという異国でまとめあげたものでした。こうして、カバニージャスは詩人としてデビューします。

　　　心のなかで生まれた故郷への愛、
　　　わが眼には靄がかかっているように映り
　　　唇には郷愁を口ずさむ
　　　前に進む道…前に進む…常に前進！

　　　　　　『故郷を離れて』から［1］の「前進する道」4行より

左:『海からの風』第二版 (1921)、右:『故郷を離れて』初版 (1913) の表紙

3　ガリシアに戻る

　ある程度の貯蓄もできましたが、やはり故郷に戻りたい一念からキューバを去ることを決意し、1915年6月スペインに向けて帰国の船に乗ります。しかし、故郷へ戻っても詩人として文筆を生業とできず、ガリシアのポンテベドラ県の地方の市役所に勤めることになります。その頃、20世紀初頭に台頭した特権階級や封建主義に反対する農業運動が、ガリシアでも「農業者ユニオン」、「ガリシアの連帯」、「ガリシアのアクシオン」などの組織として現れてきました。すでに、カバニージャスはキューバに移民する前、*El Cometa*第8号に農業組合の組織規定についての記事を書いていたため、帰国後、当然のごとくこの農業運動に積極的に参加するようになります。

　また、ガリシア語を普及する組織「ことばの友好協会」(Irmandades da Fala) の理念と相まって、『我が大地』(*A Nosa Terra*) という新聞に頻繁に寄稿するようになります。カンバードスを詠った初期の伝統的な姿勢から、その筆致は抒情的な

詩に変化していきました。そして、ビセンテ・リスコ（Vicente Risco, 1884-1963）の考え『ガリシアナショナリズムの理論』（*Teoría do nacionalimo galego,* 1920）に傾倒することで、美学的また文化的な作品が誕生します。これは間違いなくカバニージャスの後期の作品への移行を示唆するものでした。

　キューバで発表した初期の作品によって"内面派の詩人"と謳われましたが、次第に"ガリシア民族の詩人"と喝采され、カバニージャスの詩はガリシアの人々の民族性の形成に寄与しました。1917年に出版された『威圧された故郷から』（*Da Terra asoballada,* 1917. 第二版1926）は、「ことばの友好協会」と深い繋がりをもち、憂うガリシアが立ち上がることを謳った作品でした。この詩集の第二版は1926年に再刊されましたが、第二版というのは初版の4つの詩を再録しただけであったため、初版のほうが批判的かつ社会的に訴えるものがありました。

　　　同胞たちよ！　静かに立ち上がれ、
　　　爽やかな額をあげて、
　　　沈んでいく
　　　光の白さに包まれ、
　　　心を開けて
　　　すべての友に、
　　　片手には鎌を
　　　もう一方の手にはオリーブの枝を、
　　　青く白い旗の周りに、
　　　ガリシアの旗の周りに、
　　　権利を叫ぼう

自由なる新しい生活！

　　　　　　　『威圧された故郷』（初版）から[3]ルイス・
　　　　　　　ポルテイロに捧げた「立ち上がれ！」より

4　レアル・アカデミア・ガレーガの正会員となる

　1920年8月、カバニージャスはレアル・アカデミア・ガレーガ（ガリシア翰林院Real Academia Galegaと呼ばれる）の正会員に選ばれます。入会講演は「ガリシアの詩人におけるサウダーデ〜故郷への孤愁・思慕」というタイトルでした。レアル・アカデミア・ガレーガは1906年創立され、ガリシアの歴史、言語、文化、文学を研究により推挙された優れた人物によって構成された組織で、その会員になることは非常に名誉なことでした。2013年現在30名ほどの正会員が在籍しています。入会講演はポンテベドラ県モンダリスで行われ、アカデミア会員、知識人や友人たちが集まり、さまざまな行事に出席するため夏休みの間を保養地で過ごしました。その後、かつてキューバで出版された『海からの風』Vento mareiroと『故郷を離れて』No desterroの第二版新版が、装丁をかえて1921年と1926年に再刊されました。

　カバニージャスはアカデミア入会後、会合に出席するなど多忙な日々が続きましたが、彼の態度は常に教育的であったとされています。そして、ガリシアの人々の心に入り、ナショナリズムに近づいていきました。そのスローガンのもと、ガリシア地域主義者のリーダーであるアントン・ビラール・ポンテ（Antón Vilar Ponte, 1881-1936）の依頼で、『小さな聖なる手』（A man de Santiña）を1921年に発表しました。そのビラールとの共作で1926年に歴史的な悲劇のドラマ『元帥（パルド・デ・セ

ラ)』(*O Mariscal Pardo de Cela*) が書き上げられ、それが音楽監督ロドリーゲス・ロサーダにより1929年にオペラとして初演されました。後年、このドラマはガリシア演劇集団「セントロ・ドラマティコ・ガレーゴ」のマノーロ・ゲーデ監督により、1994年10月にカンバードスで再演されています。カスティーリャ王国と戦ったガリシアの武将パルド・デ・セラ (?-1483.10.3) が、モンドニェードで首を切られ壮絶な最期を遂げるという悲劇です。カンバードス市民はこぞってカバニージャスを賞賛しました。さらに、1926年には詩集『挫折した夜』(*Na Noite estrelecida*) が生まれます。この二作 (『元帥』と『挫折した夜』) はビセンテ・リスコの思想であるガリシアナショナリズムに基づいた作品です。カバニージャスが『挫折した夜』で再び採り上げたのは、創造的なシンボルとなっているヨーロッパ騎士道物語のアーサー王伝説の神話でした。昔風の手法から構築しない綿密なフォルマリズムの作品は、神話的愛国心の高揚に尽力すると当時は考えられていました。すなわち、ガリシアナショナリズムは、ガリシアの解放につながる聖杯を求めるという「ことばの友好協会」の新たな運動に直接影響を及ぼすものであるということでした。

1920年から29年にかけて、彼は時間があると、休養のためバルネアリオ・モンダリスにしばしば逗留していました。そこは温泉が湧く保養所として有名なところでした。多くのガリシアの知識人たちが滞在するモンダリスで、カバニージャスも彼らとの交流を深め、文化活動に参加しながら1927年に『百葉の薔薇』(*A rosa de cen follas*) という作品を世に送り出します。"ある愛の小さな物語"という副題がつけられた詩集は、内面派の性

格をもつ抒情詩をさらに極めた、明らかにロサリーア・デ・カストロの存在を意識したものでした。その装丁に携わった友人のカステラオ（Alfonso Rodríguez Castelao, 1886-1950）は、ガリシア主義を唱えた政治家でありながら装丁家としても活躍し、カバニージャの詩集の表紙や挿絵をいくつも作成していました。ちなみに、1920年頃、在マドリードの外交官淀川正樹（大正5年東京外国語学校西班牙語科卒業）はカステラオと親交があったようで、淀川のガリシアのポンテベドラ訪問の記事が、1927年4月11日付けの『エル・イデアル・カジェーゴ紙』（*El Ideal Gallego*）に掲載されています。

友人カステラオによる『百葉の薔薇』の表紙

愛は、永遠なる苦痛、
我が悲しみの口に
救いの聖杯を傾けたまえ！

『百葉の薔薇』Ⅰから最初の3行より

また、戦後存在が明らかになった詩もありました。それは

そのオリジナルを友人で義理の妹の夫サンチェス・ペーニャ（Sánchez Peña）が所蔵していた、1925年に作られたカンバードス市の歴史的記念碑サン・サトゥルニーニョ塔を謳った作品でした。この塔は海賊から町を守るために中世に造られた要塞が廃墟となったもので、現在は塔の一部だけが残存しています。

廃墟となった9世紀のサン・サトゥルニーニョ塔（カンバードス）

Torre de San Saturniño,
beira do mar sobre os cons.
¡Ti caes pedriña a pedra
e eu ilusión a ilusión!

サン・サトゥルニーニョの塔、
海辺の岩島の上に立つ。
お前は石が崩れ落ち
そして私は幻想のなかに佇む。

5　晩年の詩作、そして終焉

「エドゥアルド・ポンダル Eduardo Pondal に関する文学研究」が認められ、1929年にレアル・アカデミア・エスパニョーラ

（スペイン翰林院Real Academia Española）の正会員になります。"多くの人々が共有している人間の苦悩というテーマをことばで訴えたことが、自分の作品の最大の功績である"とカバニージャスは自身で語っています。レアル・アカデミア・エスパニョーラに入会したのち、アカデミアに勤務するために1929年から36年までマドリードのセレイシェル街に住んでいました。しかし、1936年にスペイン市民戦争が勃発すると、しばらくおおっぴらな詩作活動を休止し、細々と共和党系や共産党系の雑誌に執筆していました。そして、友人のカステラオを伴い、ガリシアの知識人たちとバレンシアへ旅行し、そこにしばらく滞在してカフェ・アクアリウムでテルトゥリアを開いていました。やはり、マドリードにいるよりバレンシアにいるほうが心持安心であったようです。それは共和国政府が1936年11月にバレンシアに首都を移したことによるものでした。故郷に戻ろうという決心はなかなかつかずにいましたが、1937年6月に一度ガリシアに戻り、その年の9月にメイース市役所に勤務することになりました。しかし、共和党員であったために失職してしまいます。

　1939年4月スペイン内戦終結宣言が出されると、彼は故郷カンバードスに戻ります。内戦中は多くの友人が銃殺され、また中南米に亡命した者もいました。市民戦争が終わると、旧友オテロ・ペドラーヨたちとガリシア主義の活動に積極的に参加し、新たにラモーン・ピニェイロ、フェルナンデス・デル・リエゴなどと親交を結ぶようになりました。1940年1月に働き始めたシジェーダ市役所秘書課を1年足らずで辞職し、1942年にモアーニャ市役所の秘書課に勤めます。そして、同年12月には

サンティアゴ・デ・コンポステーラでレアル・アカデミア・ガレーガの会合に出席するなど、やっと落ち着きを取り戻したかのように思われました。しかし、その翌年に不幸が訪れます。2月には友人サンチェス・ペーニャと結婚した義理の妹、10月には親友バシリオ・アルバレス、そして、妻エウドシアが相次いで亡くなります。その悲しみに暮れる中、1943年頃より46年にかけてガリシア主義者たちと計らい、ガリシアの文化的闘争に粉骨砕身します。1947年にはロサリーア・デ・カストロ財団の設立委員となり、マドリードとサンティアゴを奔走し、1951年にロサリーア終焉の地であるガリシアのパドロンのマタンサに記念館を新設させるに至りました。

友人で画家のイサク・ディアス・パルド（Isaac Díaz Pardo, 1920-2012）によるカバニージャスの肖像画（1948）。

カバニージャスは『百葉の薔薇』以降、22年間という長い間、詩人としての活動が休止状態にありましたが、1949年にサンティアゴ・デ・コンポステーラで『時の流れ』（Camiños do tempo）を発表し、沈黙を破ります。この詩集は、60年前にサン

ティアゴの神学校で学んでいたことを回想する意図から、旧友たちが立ち上げたBIBLIÓFILOS GALLEGOS出版の詩集シリーズの第1号として出版されたものでした。22年ぶりに発表された新作でしたが、当時の新聞批評からもわかるように、反響はほとんどありませんでした。ちなみに、発売から半世紀の時を経て、筆者はカバニージャスが学んだサンティアゴの神学校の近くにある本屋（コウセイロ書店）で『時の流れ』を手にしました。

『時の流れ』の表紙

灰色の空から、
黄昏の
郷愁の平和のなかに、
風もなく雨が落ちる、
甘いハーブのなかに。糸のように細く、ぼんやりと

　　　　　『百葉の薔薇』Ⅰから最初の3行より

詩集の表紙や挿絵を作成していた友人のカステラオが、1950年1月に亡命先のブエノス・アイレスで亡くなります。一方、カバニージャスは再びマドリードに赴き、アカデミア・エスパニョーラの定期会合に参加しながら、マドリードにいるガリシアの知識人や旅行で立ち寄ったガリシアの作家、哲学者、画家、音楽家などを交えてカフェ・リヨン・ドールでしばしばテルトゥリアを開いていました。画家や芸術家が集まって談義する"テルトゥリア"は、バルセロナの「カフェ4匹のネコ」のような自由参加の文学談義の集まりでした。当日参加するものにとって、その日の話題が何になるのかも楽しみのひとつでした。このテルトゥリアを通じて、カバニージャスはファスティノ・サンタリセス『A Zanfona 手風琴』のプロローグを認め、また『Macías O Namorado マシーアス・オ・ナモラード』の企画を構成するなど、新たな文学プロジェクトを作り上げるために数年滞在していました。そして、『詩のための交唱聖歌』(*Antífona da Cantiga,* 1951)、『我が手風琴から』(*Da miña zanfona,* 1954)、『異国の過ぎ去りし詩』(*Versos de alleas terras e tempos idos,* 1954) など次々と作品を書き上げました。余談になりますが、サンティアゴ・デ・コンポステーラ大学のシェスス・アロンソ・モンテーロ名誉教授も、若かりし時テルトゥリアにしばしば参加されたと筆者は伺っています。モンテーロ先生は、現在ガリシアのビーゴ市の街なかのカフェ・ゴヤで数人の仲間と文学談義を楽しまれていて、筆者も一度お招きを受けたことがありました。

　1953年頃より、カバニージャスは娘のマリア・ルイサがいるバスク地方のバラカダを頻繁に訪れるようになります。バカラ

ダという地はガリシア人の出稼ぎが多い町で、県人会組織もありました。その後、療養を兼ねてマリア・ルイサの家族と2年ほど過ごします。そして、彼は死を予期したのか、死ぬ前に生まれ故郷に戻りたい一念から1957年にカンバードスに帰郷しました。そして、故郷で娘のラモーナの家族と住み、多くの友人たちや異母兄弟のマヌエルが訪れる中、皆に囲まれて穏やかな日々を送りました。その年の春にはパドロンでロサリーア・デ・カストロ顕彰記念碑の除幕に携わり、ロサリーアに捧げることばをプレートに記しています。また、1958年8月には第6回アルバリーニョワイン祭りの名誉大会委員長を務めました。この地域はアルバリーニョという白ワインの産地として有名なところです。彼が『威圧された故郷から』(*Da Terra asoballada*, 1917) の中で「エスパデェィロワインの杯を前にして」と詠っているように、ワインをこよなく愛した彼にとって、アルバリーニョワインはとても深い思い入れがあったようです。

> エスパデェィロ！　濃厚で酸味がある。
> 曲がりくねったブドウの木は、緑、黄金色
> そして紅くなった葉をつけ、
> オウビーニャ村のカステレスとカストレロの
> 活気ある土地と
> アロウサ湾のトラゴベとシサーンの砂浜に
> そして、水晶のようなウミャ河の川岸も
> 晴れ着を着たようだ。

最後に出版された『サモス修道院』(*Samos*, 1958) は、1948年

にカバニージャスがベネディクト会のサモス修道院に滞在しながら詩作したものでしたが、すぐに出版には至らず、彼の死の前年にガラクシャ出版社によって250部限定発行されました。

　　傷ついた血に悲しみの乾いた涙
　　平和の手は聖なる手
　　世の中の争いの惨事を
　　気を失った魂を元気づける。

　　　　　　　　『サモス修道院』の中から「平和」の4行より

　1959年11月9日午前8時、詩人カバニージャスは故郷カンバードスで家族に看取られながら83年の生涯を閉じます。カンバードス市は二日間喪に服し、葬儀はサン・ビィエイト教会で市をあげて盛大に挙行されました。詩人のエミリオ・フェレイロら友人親族が棺を担ぎ市内を練り歩き、多くの市民が参列しました。そして、フェフィニャーンの家族が眠る墓所に埋葬されました。ガリシアの新聞は9日と10日の一面に、カバニージャスの死を報じています。とくに、『エル・プエブロ・カジェーゴ紙』には、「ガリシア抒情詩の開祖、ラモーン・カバニージャスがカンバードスで亡くなる」と見出しが組まれていました。

　翌年カンバードス市はカバニージャスを讃え、友人の彫刻家アソレイによる自然石の記念碑を市の公園に建立しました。その碑文には、『故郷を離れて』の扉に記した詩が彫られています。

カバニージャス記念碑、Asorey作1960

>A TI, MEU CAMBADOS
>PROBE E FIDALGO E SOÑADOR
>QUE, O CANTEIRO SON DOS PINALES
>E O AGARIMO DOS TEUS PAZOS LEXENDARIOS
>DORMSE DEITADO O SOL
>>A VEIRA DO MAR

>あなたに、私のカンバードスを
>貧しい人も郷士も未来のある人も
>松林のそよ吹く風に合わせた歌声も
>そして由緒あるお屋敷の慈しみも
>太陽に近づき
>>海辺で眠りなさい

その後、一旦生地の墓所に埋葬された遺骸は、1967年にサン

ティアゴ・デ・コンポステーラ市のサン・ドミンゴス・デ・ボナバル教会内の「秀逸したガリシア人の霊廟」に移送されました。若き日のラモーンがロサリーア・デ・カストロの埋葬に立ち会ったその教会に、かつて敬愛していたその女流詩人とともに静かに眠っています。

サン・ドミンゴス・デ・ボナバル教会

サン・ドミンゴス・デ・ボナバル教会内のカバニージャスの墓（サンティアゴ）

6 ガリシア語というもの

　中世のイベリア半島では俗ラテン語、すなわちロマンス語が使われていました。9世紀頃から俗ラテン語は緩やかな速度で

ガリシア地方のロマンス語になり、ガリシアのことばは12世紀頃にガリシア語として成立していきました。13世紀から14世紀はガリシア語にとって輝く時代でした。カンティーガスと呼ばれる抒情詩が栄え、行政や司法の文書はガリシア語で書かれていました。ところが15世紀のカトリック両王の時代になると、没落したガリシアの貴族はカスティーリャ語（スペイン語）を使い始めるようになり、聖職者たちもカスティーリャ語を植え付けていきます。それでも16世紀中頃まで、ガリシア語は使われ続けていました。

ルネサンスの時期から、ヨーロッパではイタリアやフランス、スペインにおいてそれぞれの地域のことばは国家語として体系化されていきましたが、ガリシア語は徐々に書き言葉としての性格を失い、話し言葉として田舎や家族との間で使われることばになってしまいました。そのため、16世紀から18世紀の200年間のガリシア語は沈黙の世紀と呼ばれ、その威信を失うことになります。

しかし、18世紀にサルミエント神父が現れ、ガリシア語の回復を図り言語研究をすすめます。19世紀中頃になると、プロビンシアリスモやレショナリスモという政治運動が活発化し、文学ではレスルディメントと呼ばれる文芸復興がおこり、ロサリーア・デ・カストロの『ガリシアのうた』が1863年に出版されました。（2013年は、『ガリシアのうた』の発行から150年目にあたり、2月から6月にかけて150年出版記念講演会がサンティアゴ・デ・コンポステーラで開催されました。）それに続いて現れたエドゥアルド・ポンダル、クーロス・エンリーケスが、相次いでガリシア語による詩集を発表します。この三人はガリシア

の文芸復興の「三大花冠」と呼ばれています。また、この時期にはガリシア語の最初の文法書や辞書も刊行され、1906年にはガリシア語の収集・純化・刷新を掲げて「レアル・アカデミア・ガレーガ（ガリシア翰林院）」が創設されました。このように、ガリシアでは中世から連綿と続く抒情詩の流れのもと、圧倒的に多くの詩人が輩出され、詩歌が生まれました。

　20世紀になると「ことばの友好協会」が設立され、ガリシア語の擁護と普及をスローガンにガリシア全域に広がり、後に政治運動に進展していきました。そして、1936年6月ガリシア語は初めて公用語として認められます。しかし、1936年に勃発したスペイン市民戦争がガリシア語の近代化の過程の道に後退の引き金となり、1960年まで停滞せざるをえませんでした。1960年代を社会言語学的状況からみると、学校教育の整備、テレビの普及拡大、そして新しい文化価値はカスティーリャ語の導入につながっていました。しかし、急速なカスティーリャ語化に抵抗する団体も現れ、都市部ではガリシア語を擁護する目的で様々な文化的な組織網が拡がっていきました。70年代に入るとナショナリズムと共にことばの擁護を訴え、ガリシア語の使用のための標準語化を目指すようになります。そして、1978年にスペイン憲法が制定され、ガリシア語はガリシア自治州の公用語と定められ、新憲法のもとで再度公用語となりました。1936年6月に一度は公用語として認められたものの、フランコ政権下で禁止されていたガリシア語の長い苦悩に終止符が打たれたのです。スペインは国家統一のためにカスティーリャ語を国家語＝公用語として使いました。しかし、ガリシアの固有の言語は12世紀からガリシア語であるという観念から、そのことばは

ガリシア民族とって大変重要な表現手段であると考えられています。現在では、スペイン国の公用語はカスティーリャ語であり、ガリシア自治州の公用語はガリシア語であるという、ガリシアでは二つの言語が公用語とされています。これは二言語融和策というものです。しかし、一つの地域に二つの言語が存在することは可笑しなことで、一地域一言語という鉄則が望ましいとする考え方もあります。

　1981年にガリシア自治憲章、1983年にガリシアの言語正常化法と法整備も進み、学校教育、マスメディアでもガリシア語が使用されています。現在、ガリシアの人口約280万人のうち、ガリシア語を理解するのは94%というデータがあります。また、ガリシアで活躍している400人近い作家・詩人が、ガリシア語で作品を発信し続けています。

7　カバニージャスの詩のスタイル

　ラモーン・カバニージャスは人々に比較的早く受け入れられ、アカデミア会員になります。彼の詩のスタイルはガリシアの詩を近代的なものに導き、ガリシア文学のなかで注目されていました。「ことばの友好協会」のプリンシプルと一致して称賛され、この友好協会の運動と関連して彼の業績は讃えられました。また一方で、アントニオ・ノリエガ・バレラ Antonio Noriega Varela（1869-1947）とともに19世紀から20世紀の流れの中で、Xeración Nós「我らの時代」と呼ばれるグループを構成するひとりだという文学批評家の考えがあります。「我らの時代」というグループは、ガリシアの作家たちによりガリシアの文化運動を推進する目的で1880年に生まれた組織で、文芸誌

*Nós*を1920年に発行しました。一方、「ことばの友好協会」は、1916年から1931年にかけてガリシアのナショナリスタ（民族主義者）が活動した組織で、その運動はガリシア語による単一言語の使用をめざしていました。確かに、カバニージャスは「我らの時代」のグループに属する詩人として捉えられていますが、「ことばの友好協会」の詩人としても考えられています。なぜなら、ガリシアナショナリズムの関心と必要性を常に自分の感情で表し、それは正に彼自身の姿勢を映し出しているからです。カバニージャスは韻文と劇作品も発表しましたが、作品には基本的に抒情的なものが流れていました。

　詩人のアキリーノ・イグレシア・アルバリーニョ（Aquilino Iglesia Alvariño, 1909-1961）は、カバニージャスの詩情は形容詞に窺えると述べています。ちなみに、*Vento mareiro, Camiños no tempo*の中から300にも及ぶ形容詞を見つけることができます。まさに、形容詞はカバニージャスの詩的世界の真実と言えます。たとえば、次のpequenaは3種類に変化して使われています。

　　　Atopei no camiño unha nena.
　　　　　　unha nena **pequena**
　　　　　　unha neniña pequena
　　　　　　unha nena **pequeniña**,
　　　　　　unha neniña **pequerrechiña**,
　　　　　　unha nena de pelo roxo
　　　　　　unha nena roxiña,
　　　　　　unha nena falangueira…

ぼくは道で一人の女子にあった。
　　一人の小さな女の子
　　一人の小さな女の子ちゃん
　　一人のちっちゃな女の子
　　一人のちっちゃな女の子ちゃん
　　一人の紅い髪の女の子
　　一人の赤毛ちゃん
　　一人のおしゃべりの女の子…

以下、カバニージャスの生涯の作品を分類したものです。

I　抒情詩
　叙情詩は3種類に分けることができます。感情を自分のことばであるガリシア語で述べ、詩に音楽性、彩色をほどこし、美的感覚をエキゾティックな世界にし、ある種の自己批判とユーモアで描いた地方の世界を心の底から描写しています。
1）農業主義かつ反権力主義の性格をもつ社会的な詩。
　　移民をテーマにしたクーロス・エンリーケス Curros Enriquez（1851-1908）に追随する作品。たとえば Galicia, Acción gallega, Asoballamento など。
2）人生、恋愛、自然についての詩。
　　ロサリーア・デ・カストロ Rosalía de Castro（1837-1885）から着想した流れをくむ内面派の作品。たとえば Camiño longo, A rosa que sangra, Pombas feridas, Bágoas de nai などの詩。

また、ハイネの影響があるとされる詩にはPaisaxes, Rimasなど。

3）19世紀末の地方色の濃い作品から、詩の形式を改新させた近代詩。たとえばNo pinal, Na taberna, A campana chocaなど。

Ⅱ　説話体の詩

Na Noite estrelecida.

O Bendito San Amaro.

Camiños no tempo.

Ⅲ　劇作

A man de Santiña.

O Mariscal. ビラール・ポンテとの共作1929年に音楽監督エドゥアルド・ロドリーゲス・ロサーダによりビーゴでオペラ初演。

A Virxe do Cristal. 歿後発見された草稿をまとめて刊行されたもの。

Ⅳ　散文

Antífona da Cantiga.

A saudade nos poetas gallegos.

8　ガリシアの宝

　スペインの北西に位置するガリシア州の風景を彩るのは、パソ（大邸宅）やクルセイロ（石の大十字架）やオレオ（穀倉）であり、雨にぬれる石畳がそこはかとない郷愁を感じさせます。そして、世界遺産ルーゴのローマ時代の城壁、ア・コルーニャのヘラクレスの灯台、巡礼の最終地点サンティアゴ・デ・コン

ポステーラ大聖堂が、ガリシアの更なる魅力を醸し出しています。ガリシアの歴史はガリシア語とともに流れ、すべての原点はガリシア語にあるといっても過言ではありません。ガリシアという一地域に繰り広げられてきた歴史を振り返るにあたり、ガリシアの人々にとってガリシア語はガリシア固有の民族のことばであり、中世からの伝統を受け継ぐ抒情詩というものが人々にとってなくてはならないものでした。ガリシアの人ならば誰でも知っている詩人ロサリーア・デ・カストロの『ガリシアのうた』の出版から100年目にあたる1963年を祝賀するために、「ガリシア文学の日」というものが設けられ、毎年5月17日を「ガリシア文学の日」とレアル・アカデミア・ガレーガは制定し、ガリシア語文学で活躍した故人を讃える日となりました。1976年にはラモーン・カバニージャスが「ガリシア文学の日」に選ばれています。カバニージャスが亡くなってからの彼の文学的、詩的評価、あるいは人物評価などの研究が進められ、全集や評論集、人物伝が多く出版されています。サンティアゴ・デ・コンポステーラ大学のラモーン・ロレンソ（Ramón Lorenzo）教授に直接伺うと、初期の作品は抒情詩としてその価値は評価できるが、「ガリシア民族の詩人」と敬われるようになってからの後期の作品はあまり見るべきところはないのではないかとの談話でした。とはいうものの、カステラオに捧げた「イルマン・ダニエル！（同志ダニエル）」という詩は、今でもガリシア人の精神の支えとして歌われ、エミリオ・バタジャンがロック調に歌う「ながい道」は、若者の間で大変人気の高い歌として親しまれています。また、評論家マリノ・ドーネガ（Marino Dónega, 1916-2001）は、"この困窮の世にラモーン・カ

バニージャス生まれる"とフランスの詩人ボードレールの言葉を借り謳っています。

　ガリシア州政府はカバニージャスを顕彰するために、歿後50年にあたる2009年を「カバニージャス年」と定め、カンバードス市の協力のもとでさまざまな催しを開きました。そのひとつとして『ラモーン・カバニージャス詩への案内』*Roteiros pola poesía de Ramón Cabanillas*, edición de Francisco Fernández Rei e Luís Reiが刊行されました。さらに、カンバードス市役所前の広場にはミーンゲスによるカバニージャスのブロンズ座像が設置され、カンバードス市フェフィニャーン町ノビダデス通にある詩人の生家は記念館として保存され、一般に開放されています。

カンバードス市役所前にあるブロンズの座像, Lucas Mínguez作2009
"Ó sol, á veira do mar" de Cambados.
「太陽に向かい、カンバードスの海辺に」と記されている。

　カバニージャスの死後、いち早く全集が刊行されたのは、ガリシアからの移民が多いアルゼンチンのブエノス・アイレスでした。世界にいるガリシアの人々の県人会では憧憬の詩人の作品を語り継ぎ、またドイツ人、イギリス人、ロシア人、アメ

リカ人の研究者はカバニージャスの作品の翻訳に取り組んでいます。このたび、彼らに先立ち日本でカバニージャスの評伝+CDが出版されたのは快挙なことと言えます。

　最後に、リカルド・カルバージョ・カレロ（Ricardo Carballo Calero, 1910-1990）のことばをかりて、カバニージャスを次のようにあらわすことができます。「彼は、語りの詩人である。しかし、直に語らず、高尚な叙事詩でもなく、自由な衝動で動く世界もない。行動よりも描写に豊かさがあり、彼の豊かな気性から湧く抒情的叙事詩の世界がある」。

9　作品一覧（年代順）

1913 *No desterro*. Habana. 第二版 A Cruña, Lar, 1926.『故郷を離れて』

1915 *Vento mareiro*. Habana. 第二版 Madrid, 1921.『海からの風』

1917 *Da Terra asoballada*. Arousa. 第二版 A Cruña, Lar, 1926.『威圧された故郷から』

1920 *A Saudade nos poetas gallegos*. A Cruña.『ガリシアの詩人における孤愁(こしゅう)』（レアル・アカデミア・ガレーガ［ガリシア翰林院］入会の講演集）

1921 *A man de Santiña*. Mondariz.『小さな聖なる手』

1925 *Estoria do Bendito San Amaro que foi chamado no mundo o Cabaleiro de Arentéi*. Mondariz.『この世でアレンテーイの騎士と呼ばれ祝福された聖アマロの物語』

1926 *Na Noite estricida*. Mondariz, Lar.『挫折した夜』

1926 *O Mariscal*. A Cruña, Lar. 第二版1929. Vilar Ponteとの共作『元帥』（劇作品，1929ビーゴで初演）

1927 *A rosa de cen follas.* Mondariz.『百葉の薔薇』(副題:ある愛の小さな物語)

1949 *Camiños no tempo.* Compostela.『時の流れ』

1951 *Antífona da Cantiga.* Vigo.『詩のための交唱聖歌』。のちに、*Cancioneiro popular galego*, Vigo, 1983. と表題を変えて再版された。

1954 *Da miña zanfona.* Lugo.『我が手風琴から』

1955 *Versos de alleas terras e tempos idos.* Compostela.『異国の過ぎ去りし詩』

1956 *Macías o Namorado.* Vigo. A. De Lorenzo共著『マシーアス・オ・ナモラード』(中世の吟遊詩人)

1958 *Samos.* Vigo.『サモス修道院』

2002 *A Virxe do Cristal. Lenda de Curros Enríquez axeitada para ópera.* Coruña. Biblioteca-Arquivo Teatral Francisco Pillado Mayor.『ガラスの聖母』

参考書目

全集

次の三種類が刊行されている。第二章で翻訳した詩は、AKAL版 Edición e notas de X. Alonso Monteroを定本とした。

1 *Obra Completa de Ramón Cabanillas.* Ediciones Galicia. Centro Gallego de Buenos Aires, Instituto Arxentino de Cultura Galega.1959. この全集のなかに優れた論考がある。Ricardo, Carballo Calero, "Notas sobor da obra de Ramón Cabanillas", pp.14-42. Aquilino, Iglesia Alvariño, "Lengua e estilo de Cabanillas", pp.873-921.

2 *Ramón Cabanillas, Obras Completas,* I (1979), II (1979), III (1981), AKAL, Editor, Madrid.

3 *Ramón Cabanillas, Poesía galega completa.* Xerais, Vigo. 2009.

伝記

Luís, Rei N., *Ramón Cabanillas Crónica de desterros e saudades.* Galaxia, Vigo. 2009.

研究書

Homenaxe a Cabanillas no centenario do seu nacemento. Universidade de Santiago, Facultade de Filoloxía. 1977.

評論

Ramón Cabanillas Camiño Adiante. A Nosa Cultural 10, A NOSA TERRA, Vigo. 1988.

X.L., Méndez Ferrín, *De Pondal a Novoneyra.* Poesía galega posterior á Guerra civil. Xerais, Vigo. 1984.

写真集

Francisco, Fernández Rei et al. *A memoria de Cambados.* Xerais, Vigo. 2005.

Maribel, Iglesias Baldonedo, *Ramón Cabanillas Enríquez Biografía en imaxes.* Cambados. 2009.

第二章

詞華集
ガリシア語―日本語訳

*1～8はCDに収録

1 O cantar do que se alexa [Ceíño da miña aldea]

Ceíño da miña aldea
non te enloites de pesar,
guinda as mortaxas do inverno
e viste as galas do vran.

    É certo que vou pra lonxe;
    pero a túa craridá
    gardadiña nos meus ollos
    conmigo vai!

Non chores, nena, non chores,
que non tés por qué chorar:
o bó cariño é unha pomba
que sempre volve o pombal.

    É certo que vou pra lonxe;
    pero do peito no altar
    túa imaxen adourada
    conmigo vai!

(*Vento mareiro 17*, 1915)

1 遠く離れての詩 ［わが村の空よ］

わが村の空よ
悲しみに沈まないでくれ、
冬のような喪服を脱ぎ捨て
夏の晴れ着を着ておくれ。

　　　　私は遠くに行ってしまう、
　　　　だけど、おまえの明るさを、
　　　　わが眼(まなこ)にしまって、
　　　　私とともにいておくれ。

泣かないで、おまえよ、泣かないで、
泣くことはないんだよ、
いつも鳩舎にもどってくる
鳩のように、なんて愛らしいんだ。

　　　　本当に私は遠くに行ってしまう、
　　　　だけど、祭壇に心を寄せ
　　　　愛しいおまえの姿は
　　　　私とともにいておくれ。

『海からの風』17, 1915 から

サン・トメー町を望む

2 Camiño longo

Camiño, camiño longo,
camiño da miña vida,
escuro e triste de noite,
e triste e escuro de día...
      camiño longo
      da miña vida!

Vereda, vereda torta
en duras laxes aberta,
arrodeada de toxos,
crebada polas lameiras...
      vereda torta,
      ti ónde me levas!

Camiño, camiño longo.
A choiva, a neve e as silvas
enchéronme de friaxe,
cubríronme de feridas...
      camiño longo
      da miña vida!

Vereda, vereda fonda
de fontes tristes, sin ágoa;
sin carballos que den sombra,
nin chouzas que den pousadas...
      vereda fonda,
      ti cando acabas!

(*Vento mareiro 18*, 1915)

2 ながい道

この道、ながい道、
わが人生の道、
暗く悲しい夜、
悲しく暗い昼…
　　　ながい道
　　　わが人生の道！

小さな道、曲がりくねった小道
硬く広い石を敷き詰め、
ハリエニシダで囲まれ、
ぬかるみに割れた…
　　　曲がりくねった小道、
　　　お前は私をどこに連れていくの！

この道、ながい道。
雨と雪と野いばら
私を冷たくして、
私を傷だらけにして
　　　ながい道
　　　わが人生の道！

小さな道、奥深い道
水もない、悲しい泉に続く道；
日陰になる樫の樹もない、
寝る小屋もない
　　　奥深い小道
　　　お前はいつ尽きてしまうのか！

　　　　　　　　　　　　『海からの風』18, 1915より

ガリシアの丘に繁茂するハリエニシダ

【コラム１】
ハリエニシダ

　ガリシア州のどこにでも繁茂するハリエニシダ（toxos）は、黄色い花をつけるトゲのある灌木である。3月のある日、サンティアゴ市近郊のアメス町のサール河に面した丘を登ると、一面ハリエニシダで満開になっている光景が広がる。ただトゲがあるので、行く手を阻まれ難儀することもある。ほのかな匂いがあり、ハリエニシダを使った薄黄色のリキュールはアウガルデンテと呼ばれ、30度にもなる強い食後酒として日常的に飲まれている。そのほんの一口が料理の油っこさを緩和させ、胃をすっきりとさせる消化剤のようである。また、ガリシアの伝統工芸ブランドであるサルガデロスの陶磁器には、ハリエニシダをモチーフにした皿や器がある。ちなみに、本書のカバーデザインもそのハリエニシダをあしらったものである。

3 Chove...

É noite pechada e chove miudiño
    Nas lousas de pedra,
    ó longo da rúa
    escura e deserta
    estoupan as pingas
    que deitan as tellas.

Ó través dos ferrollos das portas
o vento salaia o dor dunha queixa.
    Lonxana, a voz rouca
dun can de palleiro que oubea.

    No medio da rúa,
como folla de aceiro, sangrenta,
unha raia de luz roxa, ardente,
    que sai da taberna.

(*No desterro 57*, 1926)

3 雨降り…

暗闇に小糠雨が降る。
　石畳に、
　暗く人気のない
　通りに沿って
　屋根瓦に
　雨の滴が鳴り響く。

扉の閂(かんぬき)をすり抜け
風は嘆き悲しみすすり泣く。
　遠くで、しゃがれ声の犬が
薬置き場で吠える。

　通りの真ん中で、
血まみれになった、刃(やいば)のように、
燃えるような、ひとすじの紅い光が
　酒場から流れ出る。

『故郷を離れて』52, 1926 第二版から

カンバードス市内の改装した家

【コラム2】
屋根瓦

　ガリシア地方は晩秋から翌年5月まで、雨がシトシト降る湿潤なところである。カバニージャスが生まれたアロウサ湾岸のカンバードスは、南から海風が吹き込んでくる地域である。夏でも、朝は靄（ブレテマ bretema）が立ち込め、遠くの景色がおぼろに見える。また、日常的に海風がとても強いので、風雨から家を守るために様々な工夫がされている。北向きの壁にホタテガイの貝殻が葺かれていたり、粘土を素材とした瓦で釉薬を使用しない茶色の瓦（lousa）が屋根瓦にしっかり葺かれている家をよく見かける。かつては、薄く黒いスレートの石板が使われていたが、町はずれにレンガ工場が出来てから茶系の瓦が主流となった。

4 Tódol-os días

Mostrando ós fillos o bo camiño
a man na esteva lañar o chan;
tódol-os días, coidando o niño
                   gañar o pan!

A alma en lume, bicado e cheo
por unha homilde sagra emoción,
tódol-os días erguer ó ceo
                   unha oración.

O por vir vive na saudade,
semente de oxe, fror de mañán;
tódol-os días unha inquedade,
                   un novo afán!

Dereito e limpo nos pensamentos,
o amor á Terra no corazón,
tódol-os días ceibar ós ventos
                   unha canción!

Tódol-os días gañar o pan,
tódol-os días unha oración,
tódol-os días un novo afán,
tódol-os días unha canción!

                                       (*Homenaxe a Fernández Cid*, 1952)

4　いつの日も

息子たちに正しい道を示しながら、
地面を耕す鋤(すき)を持つ手、
いつの日も子どもの世話をしながら
　　　　　　　　　　　　生活の糧を得る！

燃えたぎる魂は、抱擁され満たされ
つましく清い感動で、
いつの日も空に向かって捧げる
　　　　　　　　　　　　ひとつの祈り。

未来は郷愁のなかに生き、
今日の種は、明日の花、
いつの日も憂いがあり、
　　　　　　　　　　　　あらたな望み！

頭の中で正しく清らかに考え
心の中で故郷を愛し、
いつの日も風が解き放つ
　　　　　　　　　　　　ひとつの歌！

いつの日も生活の糧を得て、
いつの日もひとつの祈り、
いつの日もひとつのあらたな望み、
いつの日もひとつの歌！

　　　　（音楽評論家アントニオ・フェルナンデス・シーに捧げた
　　　　　　12のガリシアの歌のひとつ、オウレンセ、1952）

5 Meus irmáns

Folliña murcha no vento
revoando sin parar,
eco de copra lexana
que resoa no pinal,
estrela sola que a tombos,
pol-o ceo adiante vai...
¡como vós vou polo mundo
sin saber onde iréi dar!

Raiola de sol que morre
nas verdes ágoas do mar,
xirón de brétema escura
que cobre o frolido val,
verso doente de salmo
que chora fondo penar...
¡raiola, xirón e verso
todos sodes meus irmáns!

(*Vento mareiro 20*, 1915)

5 我が兄弟たち

　風のなかにしおれた葉っぱ
くるくると舞いあがり、
歌声は遠くで木霊し
松林に響き渡る、
瞬く星は悲しげに
空を進み…
お前たちのように、私は世界を彷徨う
どこへ行くとも知れず！

緑色をした海水のなかで
果てる日の光、
乳白色のほの暗い霧は
花の渓谷を覆い隠す、
聖歌の苦しみの一句で
深い悲しみに泣く…
日の光、乳白色の霧、聖歌の一句、
お前たちはみな我が兄弟たち！

『海からの風』20, 1915から

アロウサ島の松林

【コラム3】
ガリシアの松林

　ガリシア州の州歌は、松風の嘆きをガリシア民族に譬えたエドワルド・ポンダル作詞の「松林」である。ガリシア地方にはいたるところに松林があり、まっすぐ垂直に伸びた松は10mから20mにまで達する。アロウサ湾に浮かぶアウロサ島という島がある。1985年に全長2キロの橋が架けられ、カンバードスからアロウサ島まで簡単に訪れることができるようになった。この島には砂浜が広がり、灯台まで続く松林の中の散歩道は、6キロほどのコースである。その散歩道は市民の憩いの場となり、松林地帯は風光明媚なリゾート地になっている。ちなみに、ガリシア語で松の木をpiñeiroといい、ガリシア地方にはピニェイロという名字の人が大勢いる。さしずめ、日本でいうところの松田さんか松井さんに相当するのだろう。そのほかに、カスタニェイロ（栗）、フィゲイロ（イチジク）、カルバージョ（樫）など木を冠した名字も豊かである。

6 O Rei tiña unha filla

O Rei tiña unha filla
que morría de amor
e por vela curada
sin máis declaración,
ó Amor, queiras non queiras,
do reino desterróu.

O Amor, moi xuicioso,
obedecendo a lei,
camiño do desterro
fóise co que era seu:
cos bicos e co-as rosas...
¡e coa filla do Rei!

(*A rosa de cen follas* XXXIII, 1927)

ウジョア家の紋章

6 王様には娘が一人いた

王様には愛に病んで死にそうな
娘が一人いた、
そして娘の病が治ったので、
否応なしに、
彼の気持ちなど考えずに、恋人を
国から流刑にしてしまった。

恋人は、よくよく考えて、
掟に従って、
流刑の途に
荷物をまとめて行っちゃった。
投げキスとバラの花と…
王様の娘と一緒に！

『百葉の薔薇』XXXIII, 1927より

【コラム4】
ガリシアの紋章

　ガリシア州の紋章は、聖杯の周りに7つ十字架が描かれている。それは、かつてガリシア王国に7つの県コルーニャ、ベタンソス、ルーゴ、モンドニェード、オウレンセ、ポンテベドラ、トゥイがあった証である。また、それぞれの家の紋章が大邸宅（pazos）の正面の石に大きく彫られているのをよく目にする。ガリシアでは代々受け継いでいく家紋がある。家紋はだいたい楯の上部に冠を抱いて4つに仕切られ、動物、植物、塔、剣や風景で形作られている。カンバードスの町中には"大邸宅路"という道があり、かつてお屋敷が存在していたことを偲ばせる。しかし、今では世代交代で家主を失い、相続するひともなくひっそりと佇んでいる屋敷も見受けられる。

7 Aureana do Sil

As areas de ouro,
aureana do Sil,
son as bágoas acedas
que me fas chorar tí.

Si queres ouro fino,
aureana do Sil,
abre o meu corazón:
tés de atopalo alí.

Coas que collas no río,
aureana do Sil,
mercarás, cando moito,
un amor infeliz.

Para dar cun cariño
verdadeiro, has de vir
enxoitarmas nos ollos,
aureana do Sil!

(*A rosa de cen follas* XXVIII, 1927)

7 シール河の砂金採りの娘

　金の砂、
シール河の砂金採りの娘よ、
それはぼくを泣かせる
つらい涙。

本当の愛がほしければ、
シール河の砂金採りの娘よ、
ぼくの心を開いて、
愛を見つけるんだよ。

河で採った金の砂で、
シール河の砂金採りの娘よ、
手にできるのは
悲しい愛ぐらい。

本当の優しさを見つけるために、
ぼくの目から
涙を拭(ぬぐ)うんだよ、
シール河の砂金採りの娘よ。

『百葉の薔薇』XXVIII, 1927から

オウレンセ県を流れるシール河

【コラム5】
シール河

　ガリシア東北部のルーゴ県のメイラを水源とするミーニョ河は、ガリシア地方を斜めに流れ、大西洋に注ぐ大河である。シール河はレオン県の山岳部を源泉とし、このミーニョ河に注ぎ込む。その源流近くのフウラド山には、かつて金鉱脈が存在していたことからシール河でも砂金が採れる。ミーニョ河沿いに位置する町オウレンセOurenseの地名は、金（ouro）に由来する。このあたりはイベリア半島の北部にもかかわらず、夏には40度にもなることがある。暑さと湿潤な気候のお陰で、河岸はブドウ栽培に適したところでもあり、リベイロというワインの産地でもある。夏場にミーニョ河沿いを旅すると、カヌーで川下りをしている光景に出くわす。シール河もミーニョ河も水量の豊かな河である。

8 Foliada

Como bandadas de pombas
voan os meus pensamentos:
todas levan un camiño,
o camiño do teu peito.

    Ti eres o vento
    eu sou á folla:
    non sopres, vento, ventiño,
    si non queres que me mova!

Nin me digas que sou triste,
nin me digas que estóu ledo:
risas e bágoas son túas,
eu non sou máis que un espello.

    Ti eres a neve
    e eu sou o gromo:
    non caias na miña ponla
    por que si me bicas morro!

8 フォリアーダ*

鳩の群れのように
わたしの思いは飛ぶ、
みんなが行く一本の道、
それは勇気の道。

  おまえは風
  わたしは葉っぱ、
 風よ、風よ、吹かないでくれ、
 わたしを運び去りたくなければ！

わたしが悲しいだなんて、まさか、
わたしが楽しいだなんて、まさか、
微笑み涙するのはおまえ、
わたしはおまえの鏡にすぎないのさ。

  おまえは雪
  わたしは蕾、
 わたしの枝に降らないでくれ、
 わたしに触ったら儚く消えてしまうから！

     ＊ガリシアの民衆の歌と踊りのメロディー

E onde ti pos os ollos
o amor pon o seu berce;
e onde ti pos as mans
nacen as rosas a feixes.

    Ti eres o lume
    e eu sou a leña:
    non sopres vento, ventiño,
    si non queres que me encenda!

(*Vento mareiro 19*, 1915)

おまえが見つめるところに
愛は揺りかごをつくり、
おまえが手をさし出すところに
バラが咲き誇る。

　　おまえは炎
　　わたしは薪、
　　風よ、風よ、吹かないでくれ、
　　わたしを燃え上がらせたくなければ！

『海からの風』19, 1915初版から

9 Da miña zanfona

Onte é un sartego sin fondo,
un lameiro de ágoas mortas,
unha morea de rebos,
unha cárcaba de somas.
Hoxe, un fiíño da fonte
que cai pingota a pingota,
velaíña flor dun día
que se desfái folla a folla.

Mañán... ¡a ramiña verde
onde os anceios abrochan!
¡a verdecente esperanza
que bica como unha noiva!

*
* *

(*Da miña zanfona*, 1954)

9　我が手風琴から

昨日は奥深い石棺、
澱んだ泥濘、
瓦礫の山、
一筋の長い溝。
今日は、泉から湧き出る
清水が一滴ずつ落ちる、
ほら、そこに短い命の花
花びらが一枚ずつ散る。

明日は…緑の枝
熱望が叶うところ。
萌える希望が
恋人のように口づけする。

『我が手風琴』1954から

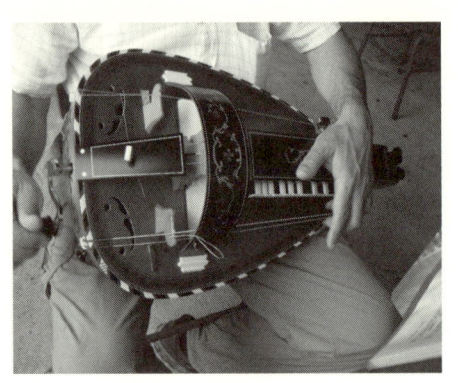

ガリシアの中世から続く楽器サンフォーナ（手風琴）

【コラム6】
手風琴

　サンフォーナは、蚊がうなるようなか細い音色を出す中世から続く楽器である。日本語で手風琴、英語でハーディ・ガーディーと呼ばれている。ほとんどのクラシック・サンフォーナは、23の鍵盤と羊の腸を使った6本の弦からなり、右手でペダルを回し、左手で鍵盤をたたいて音を出す。コンポステーラの街のなかで、若者が演奏しているサンフォーナの音に出会うこともある。実際、ガリシアにはXiradelaというトラッドグループのように民族楽器を使い、民俗舞踊、民俗歌謡などを継承する会があり、積極的に演奏活動、保存活動をすすめている。サンフォーナの姿は、13世紀の抒情詩『カンティーガス・デ・サンタマリア』(聖マリア頌歌集)の挿絵に収められている。サンティアゴ大聖堂の栄光の門のアーチに彫られている楽士のひとりが手にしている楽器は、サンフォーナの原型ともいえるオルガニストルムというものである。

10 Silenzo

Cando o paxaro agáchase no niño,
o vento dorme, o río vai calado
e o espirito voa ó ceo, translevado,
en cobiza de luz e de aloumiño,

ergue o silenzo o cántico diviño:
¡A terra, o mar, o ámbito estrelado,
todo, Señor, se move ó teu mandado,
que Ti és comenzo e fin, rumbo e camiño!

Voz sin soído, milagreira fala
que soio escoita o corazón que cala
abrasado en amor de eternidade,

é a expresión das aladas xerarquías
tecida en silandeiras melonías
ante o solio da Eterna Maxestade.

(*Samos*, 1958)

10 静粛

小鳥が巣に身を寄せるとき、
風は眠り、川は黙する
精霊は天を飛び、恍惚となり、
光と慈しみでいっぱいにして、

静粛が神々しい賛歌となる。
陸も海も星が輝くところも、
全ては神の思し召すままに、おお神よ、
神の導きと歩むべき道、神に始まり神に終わる。

音のない声、不思議なことば
永遠の愛を信じて
無言のお心だけをききいれる、

天使の語り口が
静かなメロディーを織りなす
永遠なる神の玉座の前で。

『サモス修道院』1958から

サモス修道院回廊

【コラム7】
サモス修道院

　サンティアゴ巡礼路にあるサモス修道院は、ベネディクト会により12世紀に創建されたものである。ルーゴ県のサリア河を近くに望む建物は、12世紀に作られたロマネスク建築の門、16世紀のゴシック建築の回廊、その後17世紀から18世紀のゴシック建築の粋を極めている。そこで生活する修道僧たちは、農作業のほかに鍛冶屋の仕事もこなしていた。晩年のカバニージャスはこの修道院の一室に泊り込み、詩集『サモス修道院』を書き上げている。また、カンバードス出身でカバニージャスの友人の彫刻家アソレイは、修道院長フェイホーの石彫を1947年に完成させた。

11 Pombas feridas

Si a ágoa da túa fonte
inda corre maina e limpa;
si as rosas do teu xardín
inda non teñen espiñas...
non pouses, nena, teus ollos
na tristeza destas rimas.

Si tela alma en repouso
e as ilusións te enfeitizan;
si non sabes das tromentas
que desfán algunhas vidas...
non pouses, nena, teus ollos
na tristeza destas rimas!

Unha man que xa non bico
tecéunas na carne miña
co puñal con que a rachóu
e coa sangre das feridas...
¡olla si será tristeza
a tristeza destas rimas!

(*Vento mareiro 24*, 1915)

11 傷ついた鳩

もし、おまえの泉の水が
まだ、ゆったりときれいに流れているなら、
もし、おまえの庭のバラに
まだ、棘がなければ…
この詩の悲しみに
おまえは目を向けるな。

もし、魂が安らいでいるなら
希望に心奪われているなら、
もし、人生を台無しにする
嵐を知らなければ…
この詩の悲しみに
おまえは目を向けるな。

もはや私が口づけすることのない片手は
私の肉体をまさぐり
短剣で肉体を裂くと
傷口から血がほとばしる…
この詩の悲しみは
なんて悲しいのだろう。

『海からの風』24, 1915から

12 Cantigas

Eu non sei que pasóu no muiño
unha noite de craro luar
que dentón Carmeliña está triste
e dentón non fai mais que chorar.

Foi misa Carmela o domingo
e no adro de eirexa, ó saír,
os rapaces falábanse á orella
e mirándoa botábanse a rir.

Non me leves de noite ó muiño
por moi craro que seia o luar,
que non quero que os mozos rexouben
nin se rían ó verme pasar!

(*En colaboración coas mozas de Padrenda*, 1925)

12 カンティーガス（古謡）

カルメラに起きたことを、私は知らない
月あかりの明るい夜に
そのときからカルメラは悲しくなり
そのときから泣いてばかりいる。

カルメラは日曜日ミサに行った
教会の中庭で、通り過ぎようとした時、
子供たちが耳元でささやいて
彼女を見ながらどっと笑いだした。

私を水車小屋に夜連れて行かないで
月あかりがとっても明るい夜は、
子供たちが噂話をするのも嫌だし
私が通るのを見て面白がるのも嫌なの！

　　　　　　　　　　（パドレンダの娘たちとの共作, 1925）

春、アメス村の水車小屋

【コラム8】
水車小屋

　水の豊かなガリシアでは、いたるところで水車小屋を目にすることができる。残念ながら、今ではあまり使われていないため廃れてしまったものも多くある。もともと水車小屋は水力を使い穀物を挽いていたところだが、村の男と娘の逢引に使われた場所でもある。ベルガラ・ビラリーニョの「わが古い水車小屋への哀歌」をはじめ、水車小屋をテーマにしたガリシア語の詩は枚挙にいとまがない。ロサリーア・デ・カストロはサール河のそばにあるラピド村の水車小屋を『ガリシアのうた』のなかで歌っている。また、カンバードス市のセコ地区に海水の干満を利用した水車小屋がある。カバニージャスは松林（pinal）を散歩しながら、その水車小屋を詠んでいる。

13 Alma viaxeira

—¿Tí en qué pensas, alma miña?
¿Alma tola, ti onde vas?

—¡Meu corpiño, vou a lonxe!
¡Onde sempre! ¡Vou alá!
Vou ver si verdexa o liño,
si ten gomo o parral,
si afollaron as pereiras,
si a fror dos laranxos cai.

Vou ver como creba o río
nas areas seus cristás,
si hai botóns roxos no trebo
e pendóns no milleiral
e si pintan as cereixas
e si callan as mazáns.

Vou ver si atopo receda
nos mallóns do salgueiral
e a cachear as silveiras,
anque me fian as mans,
buscando negras amorias
e niños de paspallás.

Quero ouír o barulleiro
ruxe-ruxe do pinal,
mollar os pés nos regueiros,
sentarme á veira do lar,
a estumballarme na erba

13 旅する心

我が心、おまえは何を考えているのか。
軽佻な心、おまえはどこに行くのか。

我が分身よ、私は遠くに行く。
いつも行くところに。そこに行く。
亜麻が緑になっているか、
ブドウ棚に房がついているか、
西洋ナシの木が葉をつけているか、
オレンジの花が散っているか、見に行こう。

ガラスのような砂地を、
川が流れている様子を
クローバーに赤い実がついているか
トウモロコシが房をつけているか
サクランボが色づいているか
リンゴが熟しているか、見に行こう。

ヤナギの並木道で
モクセイソウが見つかるか
キイチゴがあるか、見に行こう、
たとえ手に傷を負っても
黒ずんだ桑の実と
ウズラの巣を探しながら。

松林のざわざわとした
唸_{うな}りを聞きたい、
小川で足を濡らし
小屋の傍に腰かけ
栗林に生えている

miuda do castañal
e andar a rolos antre ela
bicando o nativo chan.

Quero ouír cantar o cuco,
sentir o oubeo dos cans
e escoitar na lonxanía
aturuxos e alalás,
ó erguerse a lúa de prata
sobre a esmeralda do mar.

Quero rubir ós penedos,
canta que te cantarás,
cando o sol moron da tarde
doura os verdores do val,
e baixar, ó vir a noite,
camiño do meu fogar,
cando tocan a oracións
melancónicas campás...

¡Vou a ver os meus amores
que por min chamando están!
¡Vou a darlle un bico á lousa
onde dorme miña nai!
¡Vaite, almiña tola, vaite!
¡Ai, quén poidera voar!

(*No desterro 2*, 1913, 1ª.ed.)

まばらな草と戯れ
その上に四つん這いになり
私が生まれた大地に口づけする。

カッコウの囀りを聞きたい、
犬の遠吠えを感じたい
アトルショの歓喜の叫びと、アララの歌声を
遠くに聞きたい、
エメラルド色の海の上に
銀の月が昇る時。

岩山に上りたい、
おまえが歌うように歌い
午後のけだるい太陽が
渓谷の若草色を黄金に染める時、
夜が来たら、
我が家への道を戻り、
さびしげな晩鐘が鳴る時
祈りをささげる…

私を呼んでいる
私の愛する人たちのもとに会いに行こう！
墓石に口づけしよう
そこは、我が母の眠るところ！
さあ、悩める心よ、飛んでいけ！
ああ、誰が飛んでいけるのだろう！

　　　　　　　　　　　『故郷を離れて』2, 1913から

亜麻の花

モクセイソウ

【コラム9】
亜麻とモクセイソウ

　初夏のガリシアの山野で、亜麻（liño）は青い花を咲かせる。山岳部の人々が作っているチャンブラなどの衣類には、亜麻の繊維が使われている。チャンブラとは今でも女性の日常着となっている着心地のいいブラウスのようなものであり、それは民族衣装としても使われる。亜麻糸で編まれた反物は、白色から黄色味がかったものまである。また、モクセイソウ（receda）は50cmほどにひょろひょろ伸びた植物で、打撲や打ち身に効く薬草である。春から夏にかけ白い花を咲かせ、それはとても良い香りがする。モクセイソウの表記はガリシア語でresedaとなるが、カバニージャスはceceo（ /s/ を / c/ θ / で発音する）を使うためにrecedaと記載している。これを音声学ではウルトラコレクション（超訂正）と言う。

14 Cruceiro do monte

Canta a pedra, durmida e acochada,
da Terra-Nai no garimoso seo,
esperta do seu sono milenario
e quer ser oración e pensamento,
frorece nun varal, estendo os brazos,
e póndose de pé faise cruceiro!

(*Caminños no tempo 21*, 1949)

コバの十字架

14 山の十字架（クルセイロ）

優しい胸のなかの母なる大地に
石は眠り、温かく包まれ、詠(うた)う
何千年もの眠りから目覚め
祈りとなり、思慮となる、
石は高く聳え、両腕を広げ
足元から立ち上がり、クルセイロとなる！

『時の流れ』21, 1949から

【コラム10】
石の十字架

　石の十字架はガリシアのあちらこちらに点在している。ケルト文化の名残なのか、同じようなものがフランスのブルターニュ地方にもある。カバニージャスが詠んだ「山の十字架」は、コバ村にある十字架である。この辺りのサン・シブラオ山（209m）はカストロ（ケルト人の住居）があったところである。カストロはだいたい小高い山の上にあり、他にもサンタ・テグラやバローニャなどが残存している。サン・シブラオ山は徒歩でも登ることができ、展望台からアロウサ湾を一望のもとに見渡せる絶好の場所である。

15 Camiño da ermida

Camiño da ermida levo
duas rosas da roseira:
unhas prá reina do ceo,
outra pra tí, miña reina.

É branca a rosa da Virxe,
branca como a groria dela;
a túa, como os teus beizos,
unha rosiña bermella!

(*Vento mareiro 31. I*, 1915)

パストーラ隠修道

15 隠修堂への道

　私は隠修堂への道を行く
二本の薔薇をもって、
一本は天の妃に、
もう一本はおまえ、わが妃に。

　聖母マリアさまの薔薇は白、
マリアさまの栄光のような白、
おまえの薔薇は、唇のような
紅い小さな薔薇！

『海からの風』31, I. 1915から

【コラム11】
パストーラ隠修堂
　隠修堂は人里離れたところにある小さな礼拝堂のことである。カンバードスのパストーラ丘を10分も登ったところに、隠修道がひっそりと佇んでいる。16世紀末に建てられ、日常的に祈りを捧げるところであったと思われる。隠修道はカトリック世界のどこにでも存在する。パストーラ丘を降りたところには、12世紀創建のロマネスク教会サンタ・マリーニャがある。毎年8月には聖母パストーラのお祭りが開催される。

16 A capilla

A capilla adormíase nas sombras
do silenzoso e triste atardecer.

    Eu estaba onde a ti
    dunha coluna ó pé.

Rezabas, as mans xuntas
e os labios a tremer:
    《Dios te salve, María,
    Chea de gracia és...》

(Os olliños baixóu Nosa Señora e miróute e riéu).

(A rosa de cen follas, VI, 1927)

メルセー礼拝堂

16 礼拝堂

静粛と哀愁の日暮れ
礼拝堂はその陰のなかにまどろむ。

　　私はおまえのそばにいた
　　円柱の足もとに。

おまえは両手を合わせて、祈っていた
唇を震わせながら。
　「どうか神の御加護を、マリアさま、
　　あなたは恵あふれるお方」…

（マリアさまは視線を落とし、おまえを見つめて笑った。）

『百葉の薔薇』VI, 1927から

【コラム12】
メルセー礼拝堂

　14世紀に建立されたメルセー礼拝堂（capela）は、「わが聖母メルセー」を祀ったものである。入口にはクルセイロ（石の十字架）が聳え建ち、表にキリスト像、裏に聖母像が彫られている。現在オルトーニョ教区のサン・シュアン教会に属していて、司祭がミサをあげるためにやってくる日曜日以外は閉まっている。毎年9月18日に祭礼があり、聖母の人形を乗せた小さな山車が鄙びたラピド村を練り歩く。メルセーといえば、バルセロナの守護聖人としてそのお祭りはつとに有名で賑やかなものである。

17 Corazón-Volvoreta

Corazón-volvoreta que voas
sobre as rosas do vello xardín,
é de balde que subas e baixes:
    ¡non podes fuxir!

Si roubando colores ás rosas
unha nena mirache pasar,
fai de conta que viche-lo lume
que te ha de queimar.

(*No desterro 61*, 1926, 2ª·ed.)

17 蝶の心

懐かしい庭のバラの上を
飛ぶ、おまえは蝶の心、
上がっても下がっても無駄だよ、
　　　逃げられないよ!

もし、バラの花に心を引きつけられ
通り過ぎる女の子に見とれたら、
火が点いたようだ
それは、おまえを燃えさせてしまうだろう。

　　　　　　　　　　　『故郷を離れて』61, 1926第二版から

18 Bágoas de nai (Balada)

Era unha probe nai que tiña un fillo
en terra allea, máis alá dos mares,
onde o levaran sonos de aventura,
    ilusións de emigrante.

Sobre unha pedra da nativa praia,
tódolos días, ó more-la tarde,
polo filliño, mártir do recordo,
    choraba inconsolabre.

Ó caír entre as ágoas do mar calmo
as bágoas limpas, mornas e brilantes,
eran por roibas fadas recollidas
    en nacarado cáliz.

E trocándoas en pelras relocentes,
como fillas do amosr máis puro e grande,
en segredo, agachábanas nun pazo
    de escumas e cristaes.

(*Vento mareiro 3*, 1915, 1ª·ed.)

18 母の涙（バラード）

貧しい母には息子が一人いた
海のずっと向こうの見知らぬ土地に、
息子は冒険を夢見た、
　　　移民という希望の夢。

故郷の砂浜の石の上で、
毎日、日が暮れるたび、
母は息子の思い出に苦しんで
　　　悲しみに打ち沈み泣いていた。

穏やかな海の水の間に零れる
透き通った穏やかな、輝く涙、
螺鈿を散りばめた聖杯に
　　　赤い妖精が集めた涙のようだ。

すると汚れなき大切な娘のように
　　　涙は輝く真珠に変わりながら、
こっそりと身を隠す
　　　泡とガラスの館に。

　　　　　　　　　　　　『海からの風』3, 1915から

カンバードスの入江

A Coda　おわりに

　このたび、近代ガリシアを代表する詩人ラモーン・カバニージャスのアンソロジーと音楽CDを日本で初めて刊行することができましことは、この上ない喜びです。まずは、論創社編集部松永裕衣子さんにお礼申し上げます。

　私が初めてカバニージャスの故郷カンバードスを訪れたのは1989年の夏でした。その後、この地を7回ほど訪れ、現在博物館となっているカバニージャスの生家を見学する機会にも恵まれました。個人的には、カンバードス出身で、現在、サンティアゴ・デ・コンポステーラ大学言語学部ロマンス語学科のフラスシスコ・フェルナンデス・レイ先生のガリシア語方言学の講座に出席してから、さらにカンバードスという地が身近なものになりました。ちなみに、この土地で生産されるアルバリーニョというワインは魚料理に合う私のお気に入りでもあり、レストラン「María Joséマリア・ホセ」を営む女主と馴染みになり、訪れた際には足しげく通っています。

　サンティアゴ・デ・コンポステーラ大学ガリシア語研究所でガリシア語とガリシア文学を研究するなかで、まずガリシアのレシュルディメント(文芸復興)を代表するロサリーア・デ・カストロが真っ先に飛び込んできました。ロサリーアの作品『ガリシアのうた Cantares gallegos』を2002年に初めて翻訳して刊行しました。そして2009年に大幅に修正加筆し、さらにはCDを添付して世に問うことができました。その折にはピアノ西川理香さん、ソプラノ芳賀美穂さんの協力をいただきました。

今回、歌曲になっているカバニージャスの詩の楽譜を西川さんが探し、そのガリシア語の詩を私が日本語に翻訳し、内容を芳賀さんに説明しながらガリシア語で原曲を歌っていただきました。とくに「ながい道」を聴かれたカバニージャスの孫にあたる Pitusa Vidal ピトゥッサ・ビダル夫人からは、"芳賀さんの心に染み入るガリシア語の歌唱に感無量です"と感謝のことばを頂きました。芳賀さんは長期のイタリア留学生活の経験と自身の言語に関する感性の鋭さにより、ガリシア語の発音に対してとても真摯に接して下さり、私にとっても素晴らしいカバニージャスの歌曲集となりました。

　収録にさいして、平塚市民センター大ホールで三度の作業に携わってくださいましたスタッフの皆様、そして調律、録音編集に携わって下さった方々に心からお礼申し上げます。ふたたび芳賀さん、西川さんとのチームワークで素晴らしい作品集を完成することが出来ました。二人のアーティストに感謝の念でいっぱいです。最後に、本書にプロローグの一文を認めていただいたフェルナンデス・レイ先生に対して深くお礼申し上げるとともに光栄に存じます。

2012年　暮れのある日　東京にて
浅香　武和

CD 収録曲目

1 O cantar do que se alexa.
2 O camiño longo.
3 Chove.
4 Todol-os días.
5 Meus irmáns.
6 O Rei tiña unha filla
7 Aureana do Sil.
8 Foliada.

ソプラノ…………芳賀美穂
ピアノ……………西川理香

収録
場所　神奈川県平塚市民センター大ホール
　　　2011.12, 2012.5, 2012.7.
サウンド・エンジニア……運野　貢
レーベルデザイン…………薄井　滋
構成……………………………西川理香

浅香武和(あさか・たけかず)

津田塾大学スペイン語講師、サンティアゴ・デ・コンポステーラ大学ガリシア語研究所外国人研究員、日本学術振興会研究員(聖心女子大学)。著書に『現代ガリシア語文法』、『ガリシア語基礎語彙集』、『ガリシア語会話練習帳』の三部作(いずれも大学書林)。編著に『スペインとポルトガルのことば』(同学社)、編訳書に『ガリシアのうた+CD』(DTP出版)、『スペインのガリシアを知るための50章』(明石書店)、『スペイン語事始』(同学社)がある。

ガリシア 心の歌 ── ラモーン・カバニージャスを歌う
Cantata a Ramón Cabanillas

2013年10月15日　初版第1刷印刷
2013年10月25日　初版第1刷発行

編著者	浅香武和
発行者	森下紀夫
発行所	論 創 社

東京都千代田区神田神保町2-23　北井ビル
tel. 03 (3264) 5254　fax. 03 (3264) 5232
振替口座 00160-1-155266
http://www.ronso.co.jp/

装　幀　薄井　滋
印刷・製本　中央精版印刷

ISBN978-4-8460-1261-8　©2013 Printed in Japan
落丁・乱丁本はお取り替えいたします。

論創社

音楽と文学の間●ヴァレリー・アファナシエフ
ドッペルゲンガーの鏡像　ブラームスの名演奏で知られる異端のピアニストのジャンルを越えたエッセー集。芸術の固有性を排し、音楽と文学を合せ鏡に創造の源泉に迫る。対談＝浅田彰／小沼純一／川村二郎　**本体2500円**

乾いた沈黙●ヴァレリー・アファナシエフ
ヴァレリー・アファナシエフ詩集　世界的ピアニスト、アファナシエフは小説家・詩人としての顔を併せ持つ。表紙から開くと日本語版、裏表紙から開くと原詩の英語版になる構成の、世界初の詩集。(尾内達也訳)　**本体2500円**

ドン・キホーテの世界をゆく●篠田有史・工藤律子
ドン・キホーテのふるさと、スペイン・ラ・マンチャ地方をたどりながら、作者セルバンテスのメッセージを解き明かし、名作の魅力を生き生きと伝えるフォトエッセイ。松本幸四郎氏特別寄稿・推薦。　**本体2000円**

ペール・ギュント●イプセン
『人形の家』に並ぶ戯曲の嚆矢。世界各国で上演され続け、音楽詩人グリーグが韻文劇に作曲し、イプセンの名声を残す。すべての財産を失ったとき、人間に残るものは何かを問う壮大なファンタジー。(毛利三彌訳)　**本体1500円**

星の王子さま●サン＝テグジュペリ
サン＝テグジュペリ研究家の手による、世界の大ロングセラーの完全新訳。原文の表現の文学的な仕掛けを伝えるためにキーワードには同一の訳語をあて、かつ日本語として無理のない訳を心がけた。(三野博司訳)　**本体1000円**

室温〜夜の音楽〜●ケラリーノ・サンドロヴィッチ
人間の奥底に潜む欲望をバロックなタッチで描くサイコ・ホラー。12年前の凄惨な事件がきっかけで一堂に会した者たちがそれぞれの悪夢をつむぎだす。第5回鶴屋南北戯曲賞受賞作。ミニCD付き。　**本体2000円**

中世ラテンとヨーロッパ恋愛抒情詩の起源●ピーター・ドロンケ
西欧的恋愛の原型たる「宮廷風恋愛」に対して、「宮廷風体験」という新たな概念の基準を導入して、宮廷風恋愛の意味と起源に関し、従来の定説に反証を企てる。(瀬谷幸男監訳　和治元義博訳)　**本体9500円**

好評発売中！